KB115568

행복 더듬기

행복 더듬기

초판 1쇄 인쇄	2014년 07월 10일		
초판 1쇄 발행	2014년 07월 17일		

지은이	이 동 현		
펴낸이	손 형 국		
펴낸곳	(주)북랩		
편집인	선일영	편집	이소현, 이윤채, 김아름
디자인	이현수, 신혜림, 김루리	제작	박기성, 황동현, 구성우
마케팅	김회란, 이희정		
출판등록	2004. 12. 1(제2012-000051호)		
주소	서울시 금천구 가산디지털 1로 168, 우림라이온스밸리 B동 B113, 114호		
홈페이지	www.book.co.kr		
전화번호	(02)2026-5777	팩스	(02)2026-5747

ISBN   979-11-5585-284-2 03810(종이책) 979-11-5585-285-9 05810(전자책)

이 도서의 국립중앙도서관 출판예정도서목록(CIP)은 서지정보유통지원시스템 홈페이지(http://seoji.nl.go.kr)와
국가자료공동목록시스템(http://www.nl.go.kr/kolisnet)에서 이용하실 수 있습니다.
(CIP제어번호 : 2014020808)

행복 더듬기

이동현 지음

북랩 book Lab

서문

"내 마음이 시끄럽다면 조용한 음악도 시끄럽게 들릴 것이고, 내 마음이 조용하다면 시끄러운 음악도 아름답게 들릴 것이다."

사람의 마음은 어떤 환경에 처하느냐에 따라 민감하게 반응한다. 반응속도는 빠르게 진행되고 결과는 알 수 없는 미궁 속으로 빠져들어 갈 때가 난무할 정도로 많아진다. 의식 속에 어떤 현실에 처함을 부정하고 더 나은 행복 가짐도 없이 성공의 틀에 목을 매며 돌진하곤 한다. 마치 망가진 엔진을 달고 속도감을 즐기기 위해 무조건 달려가는 과잉의 모습은 결함된 현실의 반응이다.

너무 달려와서 진리도 찾지 못한 채 무감각하게 사는 현재 우리들의 모습이 너무 슬프다.

무엇을 위해 우리는 사는 걸까? 누구를 위해 사는 걸

까? 기본적인 상식도 잃어버리고 혼동하며 살아가는 모습들과 그저 아등바등하며 싸우면서 사는 것이 진정으로 바라는 삶은 아닐 것이다. 깊은 된장이 맛을 잊지 못하고 된장찌개를 먹지만 그 속엔 발효된 된장 맛이 없고 된장을 포장한 양념 맛을 보는 것뿐이다.

이렇듯 필자는 우리의 모습들이 시원한 빙수보다 넘쳐흐르는 팥과 달콤한 크림의 유혹에 넘어가는 것이 아닐까 염려스러워 펜을 들기 시작했다.

내 글의 표현이 너무 비판적으로 흘러갈 수 있겠지만 거침없이 표출하고 싶은 느낌대로 장문과 단문으로 표현하고 시로도 써 내려갔다. 글을 쓰게 된 동기도 너무 흔한 얘기를 하기 싫었고 그렇다고 어려운 얘기도 하기 싫었다는 데 있다. 있는 그대로의 모습과 느낌을 보이는 대로 나만의 표현으로 나타내고 싶었다.

살아가면서 그때그때의 순간을 글로 썼다. 사물을

관찰하면서 노출된 느낌들, 현실을 쥐어짜고 진리를 망각하면서 사는 것들에 대한 불만을 토대로 더 행복할 수 있는 것에 대한 향망과 부끄러운 짓들에 대해 반성의 의미로 끄집어내고 싶었다.

누구든 살아가는 것이 말처럼 쉽지 않다는 것을 한 번쯤은 겪어 봤을 것이다.

우리가 스스로 자본주의 사회에 적응하려 하다 보니 잃어버린 것과 잊어버린 것들이 많아진다. 그래서 그런 안타까움을 위로하고 싶었고 그만큼 부정도 있다면 긍정도 있다는 것이 무엇보다 감사하게 느낀다. 누구한데 크게 혼나보면 내가 가야할 정점을 알려줘서 고마움을 느끼는 것처럼 나를 포함한 모든 세상에 그름에 대해 혼을 내서 생각할 시점을 마련하고 싶었다.

인간은 모든 것들에 대해 완벽하게 행복을 느낄 수 없다. 다만 최소한 행복의 느낌을 가진다면 그것이 큰

행복일 것이다. 인생 속에서 생각이 소외를 느끼는 것
처럼 초라함은 없을 것이다.

　그래서 많이 보고 많이 다니고 많이 만나고 많이 생
각하고 많이 우는 것이 나중엔 삶을 웃음으로 장식할
수 있게 된다고 필자는 생각한다.

2014년 여름에

차 례

몸에 예술의
날개를 달다

 예술의 힘

　예술이 창조의 역할을 한다면 새로운 몸짓에 기대를
모은다. 자꾸 행했던 구태의연한 몸짓이 아닌 처음 시
도한 몸짓 하나가 참스러운 예술의 의미를 갖는다.

　"예술은 거창할 게 없다. 새로운 일상에 새로운 몸짓
이 예술적인 행위이다."

002 긍정

급진적인 변화는 일시적인 무기력한 저항보다 먼발
치에서 혼미한 정신의 추동력을 일시 멈추고 긍정의
틀로 복잡한 사고를 버리는데 그 의미를 둔다.

003 욕망의 극심은 보이지도 않고
들리지도 않는다.

004 무관심

　자본적인 수익생산성은 수요충족이 아니라 지나친 수요창출을 원한다. 이는 지속된 산업기술이 소비자의 스마트한 세상을 공유하기보다는 기업의 사유이득의 목적으로 윤리적인 모습을 배제한 채 이기적인 기업논리로 소비자 사육에 그 목적이 변질된다는 것을 말한다.

　쏟아지는 IT기술로 소비자의 정신적인 훼손과 동시에 개인의 인식적 지향점을 흩트려 놓기에 충분한 결과로 이어지고 무책임한 기업의 이득생산성은 계속 진행된다. 힘없는 저항만이 무의미로 일관되고 이는 마치 자본주의 사회에서 설득할 수 없는 결과로 소외감만 낳는 부작용이 생긴다. 자본적인 추동력에 옹호와 저항보다는 무관심이 개인의 정신적 쾌락과 편안함으로 급습한 변화를 일으켜 나갈 수 있다고 본다.

 그대 1

그대가 나 인줄 알았는데
그대 속에 내가 있는 줄 알았는데
그대 속에 모든 걸 훔쳐도 그대가
내가 되지 않음을 이제 깨달으니
허전한 마음 한없이 쏟아지는
눈물로 채워지지 않네요.

눈물

눈물이 나면 눈물을 보니

치고 또 치고 시퍼런 가슴만 오르니

마음 갈 곳 잃어 저 멀리 평온한 날갯짓 보며

또 미어지는 가슴 억누르고 슬픔이 슬픔 짓을

하지 않고 그저 말없이 돌아서서 없어지는

내 그림자도 보지 못한 채 떠날려 하니 망실한

정신만 잃어가네

 탄생

예술의 표현은 형식과 규칙에 종속된 의미가 아닌 뜨거운 열기 같은 내재된 느낌을 메타포로 형성될 때 그 의미를 말할 수 있다. 신선하고 돌출된 표현은 적막하고 억압된 기존사상에서 탈출의 의미를 둔다.

영감 속에 나온 느낌을 형식의 여과기를 통해 표현된다면 이성만 존립된 화초 같은 예술이 탄생할 수 있다.

"예술은 수동적인 영역 아닌 능동적인 영역이다."

"타락된 정신이 진정한 예술을 탄생시킨다."

008 벚꽃

둥글게 하얗게 눈부시게 나를 향해

포근한 향기를 뿜어주는 벚꽃 아래

처진 내 어깨 올리듯 그동안 쌓인 무게감도

사라지게 하는 마법 같은 벚꽃 세상에 나를 묻혀

잠시라도 쉬어가면 좋을 테니

이 어찌 벚꽃의 내음에 취하지 않겠소.

소주 한잔도 이보다 못하니 반가운 세상에

잘난 척하듯 뽐내어도 보고 청정하고 그윽한 향기에

그 어떤 바람소리도 방해하지 못하니 내 몸 편안함을

느끼게 하오

봄

터덜거림으로 힘겨운 발걸음을 재촉해
내 몸에 흐르는 지친 기운을 샤워해 주듯이
씻어내려 끝까지 좇아가는 내 감정 속에
나를 포근하게 애기 품은 듯 안겨주네

추위 속에 굳어 버린 깨진 장독의 날카로운
조각에 찔리듯 애린 마음 다독거려
어느덧 따뜻한 봄바람에 화들짝 놀라 도망가는
내 모습 보고 어처구니없이 박장대소하네

010 노출

　현대의 파놉티콘(panopticon) 같은 구속과 감시 생활 노출에 대한 불만이 투명한 사회의 역기능 속에 심리적 압박감으로 정신적 위태감을 경고한다. 이런 외부작용으로 인해 인간의 내재적인 영혼까지 노출되지 않길 바란다.

011 진리

통상적인 개념으로 정치 이념이 예술적인 문화에 접근할 때 예술은 치명적으로 고유의 정체성을 잃을 수 있다. 예술의 의미가 다시금 정치로 인해 재해석될 때 영역의 역할은 제 기능을 발휘하지 못해 한계점이 드러나고 만다.

기존의 철학사유를 무시하고 늙은 사상으로 몰아내듯 새로운 철학의 기운을 현 시대에 맞게 조명해도 지나가버린 사상에 국한돼 새롭게 빠져 나올 수가 없는게 실망스럽다

더욱더 좌파적인 색에 물들어 이기적인 예술의 정체에 혼동하여 진실한 진단을 외면하고 합리화시켜 마치 정치가 주범인 듯 예술의 치명적인 침범을 왜곡시키고 있다.

모든 사건의 진실은 정치로 인해 끌려갈 수 있지만 편견논리도 스스로 방해받을 수 있는 장애를 칠 수밖에 없다고 본다.

이에 모순과 사건은 진리를 저해시키는 장애물이 아닌 전진할 수 있는 기회의 틀로 생각할 수 있다.

012 삶

쉬었다가 한숨 고르고 갑시다.
너무 맹목적으로 남이 가니 나도 갔소.

따라 온 것도 신기하고 생각이 바람나서
여기까지 온 거 같소.

이룬 것도 많고 잘난 것도 많지만
왠지 개운치 않소.

내꺼나 남꺼나 크게 다르지 않고
그게 이것 같고 이게 그것 같아서
요즘 부쩍 꽉 찬 머리가 내 눈을 가린다고
생각하니 이거 참 벌써 늙은 느낌이오.

덜컹거리는 빈 수레 소리의 요란함은
잘 살아온 나의 삶을 비웃는 듯 껄껄 하고
웃는 거 같아 내 몸 움찔거려 멀리 숨어 버렸소.

모처럼 툇마루에 누워 목탁소리와 바람소리를
듣고 있으니 마음이 구름 속에 머물고 숨소리에
달콤함이 뿜어 나와 늘어지게 한숨 꾹 눌러
기분 좋게 잠에 취해 가오.

"자연을 한 번 만지면

온 세계가 한 가족이 된다."

- 셰익스피어

014 흔적

급속도로 지어진 건물에 균열이 생기는 것처럼 현재 우리는 이득의 가치를 절대적으로 치중하며 추구한 결과로 균열이 생겨 쓰라린 고통을 맛보고 있다. 추상적이 되가는 사회에 존립하고 낙오되지 않는 교육방식에 익숙하며 마치 카페인 없는 커피를 마시며 억지로 만족하며 허구와 허상 속에 살고 있다는 것이 안타깝다.

또한 기업의 구조는 기계와 똑같이 닮아가듯 기계의 부품이 망가지면 고치거나 교체하듯이 고용한 인력을 세뇌하거나 인간의 권리를 침범한다. 너무나 너무한 자본주의 사회에 빨려가는 모습은 가치관의 영양결핍으로 파국되지 않을까 염려스럽다.

우리는 몸짓 하나의 중요성과 사랑과 진리를 사랑하며 우위를 두고 예술을 하듯이 어제와 다른 오늘의 일상에 흔적을 내며 살아가자.

015 행위

우리는 매일 어제와 다른 예술적인 행위를 하며 살고 있다.

이는 반복되는 일상의 지루함으로 새로움조차 발견하지 못한 채 살아가고 있다는 것에 반증한 말이다. 분명 우리는 어제와 다른 오늘의 숨소리를 내며 살고 있다. 이런 새로운 숨소리, 몸짓 하나 하나를 표현하게 되면 창조적인 삶과 예술적인 행위를 하며 살고 있다는 것을 느끼게 된다.

"오늘이 바로 그 자리 혹은 이곳이 나의 예술적인 승화로 꽃피울 텃밭이다."

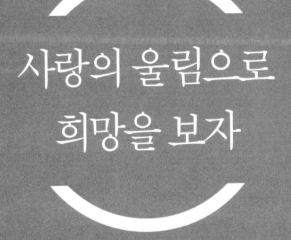

사랑의 울림으로
희망을 보자

사랑 1

끝나는 시점에서
끝나는 것이 사랑이요

끝나는 시점에서
시작도 사랑이요

사랑은 이처럼 어디서 오고
어디로 가는지 알 수 없는 것
또한 사랑이요

사랑에 그리워하다 못 믿을 만큼
주고 빼앗기고 지독한 아픔을 남기면서
또 사랑을 하는 것이 사랑이요

사랑을 통해 행복을 느끼고

새로움을 갖게 하니

사랑을 해도 사랑이 그리워지는 것이

진정 사랑 같소.

017 사랑 2

사랑에 질려 사랑을 불러보니
애써 그 모습 감추어
그때 그 사랑도 사랑이 아니었음을
새삼 느끼게 하니 멍든 내 한쪽 가슴만
답답해할 뿐 그 어떤 것도 나를 위로해 주지
못하니 허망한 마음 어찌할까

가도 가도 끝이 없음에 내 뒤로 뭔가 당김을
알아채도 따라가는 이내 마음 이토록 슬퍼질까
누군가 내 옆을 스쳐가도 바람이라고 우기니
서먹거려 내가 나를 위로해 주네

018 용기

자꾸 저리 가서 이리로 온다고 하소

헛된 일 한다고 꾸지람 듣고 오니

막걸리 한 사발 마시고 취해 보소

심장 벌렁거려 담벼락 위로 고개 들어

용기 있게 고함질러 보니 그제야 미소 띠며

내 모습 비추어 봤소.

019 병

우리의 고질적인 병은 거울 속에 비추는 자신의 모습을 관찰하지 않는데 있다.

거울 속에 있는 남의 모습을 주시하고 부정적인 요소를 꺼내기에 바쁘다. 이를테면 남의 입은 옷에 대해 반사적으로 부정적인 견해를 보인다는 것이다. 말도 안 되게 자기도 그 사람이 입고 있는 옷을 입고 있다는 사실이다.

세상을 잘 살아 가기 위한 큰 덕목은 이견에 대한 부정보다 긍정을 갖는 것이 중요하고 덜 자신을 합리화 시키는 것이다.

"습관적인 과잉 부정은 의구심과 완벽한 방어책에서 나온다."

"자신의 대한 지나친 합리화가 자기 발목을 잡는다."

"남을 먼저 견책하기 전에 자기 자신부터 성찰하자."

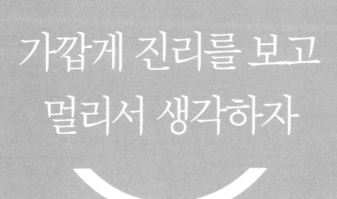

가깝게 진리를 보고
멀리서 생각하자

 습관

철학적인 사유를 논할 때 일반적인 입장에서는 충분히 횡설수설로 들을 수 있다. 철학이라는 범위 자체가 포함하고 있는 영역은 어쩔 수 없이 넓고 크기 때문이다. 그러니 쉽게 이해하고 접근할 수가 없다는 결론이다.

그렇다고 무시할 수 없는 것이고 이득 쟁취에 혈안이 된 사회에서는 철학적인 사유로 설득하기란 쉽지가 않다.

이건 현대인의 사고가 변질된 성공의 의지에서 비롯된다. 분명 그 과정에서 숨길 수밖에 없는 트라우마와 잘못된 승부욕을 키운다. 이는 다양한 인간의 심리를 파악조차 못하는 이기적인 환경에서 출발한 결과라고 말할 수 있다.

현대인의 잘못된 습관은 지금 당장 결과에 의존하고 살아온 날들의 순수함을 잊어버리고 감추는 것에 있다.

지금 당장의 이득 쟁취보다는 먼발치에서 상대를 생각하는 여유와 배려가 강력한 무기가 될 수 있다.

"덮으면 덮을수록 진리는 썩게 마련이다."

021 인생

인생을 산다는 건 어쩔 수 없이 죄의식과 공존하며 살 수밖에 없다. 내가 살기 위해 남을 다치게 하고 정당화시키기 위해 남을 탓하고 험담하고 전략적으로 승리를 부른다.

또한, 이런 상황에서 자유를 열망한 탓에 불안요소가 자리 잡게 되고 뜻하지 않는 오류와 책망으로 나를 합리화시키며 나의 삶이 정석처럼 살아가고 있다고 착각한다. 생존 이득 경쟁에서 살아남기 위한 나름 성공책에 대한 무한한 동경과 깊이 없는 처세술로 자신의 모습을 둔갑시키는데 일조한다.

"인생은 슬픔으로 시작하여 아무리 성공한 삶을 살더라도 슬픔으로 끝나는 게 인생이다."

마무리 삶에서 아무리 비우고 베풀어도 죄책감은 풀지 못한 채 세상을 떠난다. 인간이기 때문에 도덕적인

삶을 지향하지만 현실에서 실천으로 살아가기란 쉽지
않다.

　많은 상류층의 삶이 도덕적으로 살아 왔다고 말할
수 있는가?

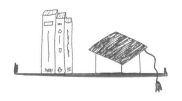

 국가

대한민국은 빠른 경제속도로 OECD 가입국 중에 경제성장이 상위 순위를 유지하고 있다. 이젠 물질적 풍요로운 경제 강국으로 자긍심을 갖자는 말들을 많이 한다. 그러나 행복지수는 거의 꼴찌수준에 머물고 있다. 이는 마음인재보다는 성공의 지름길인 머리인재에 치중하다 보니 머리를 받쳐줄 마음의 여유가 사라지는 결과이기도 하다. 그래서 머리의 인재보다 마음의 인재를 키우자는 말들을 한다.

한편 OECD 가입국 중 행복지수가 상위에 있는 국가는 거의 북유럽국가들로 몰려있다. 경제 강국이면서 행복도 강국이다. 이건 이성에만 한정된 경제 이득이 아닌 감성과 함께하는 창조적 경제국이기 때문이다. 그래서 마음의 인재가 중요하다는 것을 여기서 찾아볼 수가 있다.

그러나 전인교육이 상실된 우리사회에서 아무리 마음의 인재를 양성한들 최고의 머리인재만 생각하는 사회에서 수용할 수 있느냐 하는 것이다. 예술, 문화, 문학, 철학 등 전반적으로 심미적인 환경을 이끌어갈 영역에서도 이기심이 극도로 치솟고 있으며 양적으로는 배불어가며 질적으론 썩어가는 건 마찬가지이다.

이러니 누굴 믿으며 예술을 느끼며 즐기겠는가?

목적 집중에 몰두하고 있는 뻔한 예술과 진정성이 없는 허울에 불과한 문화를 맛본들 행복할 수가 없다는 말이다. 빠른 경제속도와 감성이 없는 물질 풍요로움은 행복지수를 추락시키게 한다. 이건 기업뿐만이 아니라 모든 영역에서 성찰할 내용이며 예술과 문화영역에서도 보이지 않는 좌파적인 성향을 띨 때 행복의 위안은 오히려 방해를 받는다. 편중되고 편파적인 이성을 극복하고 시장경제를 옹호하면서도 윤리적 및 도덕적인 관심의 지원을 대폭 확충해야 할 것이다.

경제 강국도 아닌 동남아의 라오스, 미얀마, 캄보디아 등의 행복감은 우리보다 몇 배수 위이다. 이성보다 감성이 자극된 나라이며 경제적인 이득보다 윤리적인 강화, 수동적인 삶이 아닌 능동적이며 자연과 동반하는 진정한 종교적인 삶 그리고 강요와 억압이 없는 삶,

정보와 진화적인 산업화가 없는 대신에 의식하지 않는 사회가 행복지수가 높을 수밖에 없다는 결론이다.

윤리와 도덕적인 사고방식이 파괴된 이성만 존립된 경제 강국은 속빈강정처럼 행복의 알맹이들을 어디에서도 볼 수 없을 것이다. 생각하고 울 수 있는 그런 삶이 나를 위안하고 위로하며 행복함을 느낄 수 있다. 저마다 마음의 인재를 키우자고 하지만 명료하지 않은 시스템에서는 역효과를 가져올 수밖에 없다.

어쩔 수 없는 수동적인 삶에서 능동적인 삶을 엿볼 수 있는 문화 예술 영역의 지식인들부터 이율배반적인 행위를 멈추고 부의 척도로 예술 문화를 이끌어가지 말자는 얘기다.

예술은 하는 사람이 목적과 이득에 취해 작품을 만든다면 예술을 보는 사람도 진실되고 창조적인 예술을 느낄 수 없을 것이다.

많은 정보와 진화된 기술 습득이 오히려 욕심의 화를 불러일으키며 행복감을 깎아버린다. 그만큼 순수함과 진리를 감추게 되면 타고난 천재적인 기능도 마비되고 잃게 될 수밖에 없다. 그래서 외롭고 소외되고 목

표를 이룬다고 해도 허전한 것이다.

OECD 가입국 중 경제력 상위 유지가 결코 행복한 결과도 아니고 자긍심을 느끼게 해주지도 않는다.

윤리 망이 없는 경제 이득, 감성과 순수함이 없고 이성만 있는 문화예술은 오히려 예술문화를 이끌어 가는 자들이 반성해야 할 것이다.

"마음의 인재를 양성하자고 떠들기보다 모든 영역의 지식인층에서 양심을 꺼내 보이자."

슬픔을
위로하자

023 한숨

곁에 있는 게 더 부담스러워
멀리 떠나는 게 내 진심이 아닌데
그래도 사뭇 떠나는 게 내 진심이겠지

독백하듯 혼자 중얼대며 쫓아오는 날들에
가로막혀 그대 떠나는 시간에 아쉬움도
토로하지 못한 채 떠나보내려 하니
눌러진 한숨만 늘어지게 짓네.

024 몸

내 발끝으로 내밀며 바위틈 속에 자꾸
숨어 버리고 시끄러운 산새들의 지저귐에
휘둥그레지는 내 눈으로 청량한 물결소리를
한참 들으니 내 몸이 차가움에 퍼들거리네.

025 날까

날까? 하다 머뭇거려
맘 무거워져 가라앉았네.

날까? 하다 어지러워
누워있다 잊어버렸네.

날까? 하다 부푼 맘에
간절하다 내려놓았네.

날까? 하다 주절거려
틈이 없어 잃어버렸네.

날까? 하다 향기에 젖어
한숨 쉬고 돌아왔네.

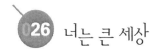

026 너는 큰 세상

싸늘한 바람에 네가 잠시 길을 잃은 뿐
넌 결코 작은 세상이 아닌 큰 세상이다

지치고 절망하고 슬퍼하는 것도 세상 떠나면
못하니 내 것이라고 생각하고 맘껏 즐겨라

창문에 부딪히는 바람소리에 사랑이 울렁거리니
슬픔과 울음이 없는 사랑은 이제 하지 않으리.

나쁜 세상에 절규하지 않고 우여곡절 속에 피어나는
연꽃처럼 활활 피어날 넌 슬픔을 알고 있으니
넌 결코 작은 세상이 아닌 큰 세상이다.

027 기억

혼자라서 혼자 가네요.
옆에 누군가가 있으면 좋지만
그것도 지금은 버겁게 느껴지네요.

외로움도 그리 나쁘지 않네요.
지금의 슬픔은 오히려 날 감싸고
울 수 있게 해줘서 고맙고 기쁨을
맞이할 수 있는 중요한 시간이라서
많이 아끼고 다듬어 주네요.

쓸쓸한 사랑이 아닌 예쁜 사랑이라서
기억하면 그리도 슬퍼지나 봐요

차가운 사랑보다 따뜻한 커피 같은
사랑을 할 수 있는 시간이 남아 있는 게
다행이고 다시 새롭게 예쁜 사랑으로
기억하길 바랄게요.

028 표현

　예술의 표현은 내뱉는 것이다.

　예술이 법칙 속에 구속되어 있다면 표현기법은 알수 없는 원망감만 준다. 한편으론 사무친 철학의 혼을 무의식 속에서 끄집어낼 때 비로소 감동의 무게감을 준다. 그러나 의식 속에 표현이 가지런한 시스템 속의 발상이라면 작품 속의 권태로움과 아쉬움은 집착의 형태로 빠져들어 한계점에 부딪히게 된다.

　"예술에서의 의식은 욕심과 이성을 불러일으킨다."
　"예술가들은 이 세상에 한 번도 보지 못한 작품을 만드는 창조가다."

　예술의 창조적인 힘은 철학이다. 예술이 표현이라면 철학은 생각이다. 무의식 속에 감성적인 표현을 철학적인 사유로 마무리한다.

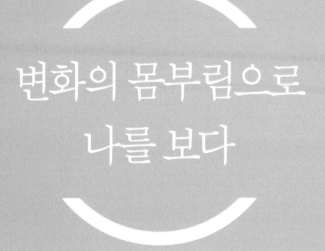

변화의 몸부림으로
나를 보다

029 여유

대한민국은 고도산업의 진화적인 빠른 속도로 인해 풍족한 나라로 자리 잡은 듯하다. 반대로 자본주의가 주는 한계점도 문제시 되고 있다. 근래에 인문학의 관심이 높아지는 이유도 지쳐버린 삶의 기능을 회복시킬 수 있는 가능성으로 기대를 모으기 때문이다.

그러나 사유재산과 이득을 위해 타인의 행복에 관심을 두지 않고 목적 달성을 향해 달려가는 기업인이라고 자부하는 자들의 의식구조는 마치 얼어붙은 얼음조각같이 잘 녹아들지 않아 안타까움을 준다.

철학과 예술은 미친놈들의 영역이라 선을 긋고 마치 한 번도 맛보지 않은 음식을 시각적으로 판단하고 외면하듯이 스스로의 권리를 낙하시킨다. 사실 오답이 정답처럼 둔갑된 사회에 답답함을 해결해 줄 수 있는 건 인문학도 아니고 종교도 신도 아니다.

당장의 배고픔을 해결해 줄 수 있는 인스턴트 음식에 의존하지 않는 것처럼 스스로 마음의 여유를 갖고 비난이 아닌 수용할 수 있는 충분한 마음가짐을 형성한다면 한결 더 진실 된 삶을 살 수 있을 거라 생각한다.

030 길

정해진 길은 없으니
비단길 거부했노라

흙을 뿌리며 쳐진 어깨에
몸서리치듯 온통 뒤적이고
앙금으로 얼룩진 사랑 벗어나
타락의 길로 가노라

이쁜길 나두고 거친 길 속에
나를 더욱더 건장하게 만드니
땀으로 범벅된 내 심장 진정으로
울리게 하니 다시 태어나듯
흥에 겨워 덩실 춤이라도 추겠노라

돈

내 꿈을 돈에 맞추지 말자
돈이 내 꿈을 사랑하게 만들자.

돈 하나만 보고 가지 말자
돈에 체하면 소화제도 없다.

신선한 내 꿈을 돈으로 유치하게
범벅된 양념으로 만들지 말자.

돈을 앞 뒤차 간격을 맞추면서
운전하듯 앞 뒤 사람 배려하며 벌자.

돈이 있으면 편하고 뭐든지 살 수 있지만
마음까지 살려고 하지 말자.

욕먹는 돈보다 칭찬받는 돈을 벌자.
돈도 좋은 돈, 나쁜 돈, 이상한 돈이 있다.

원칙을 세워 고수하며 살아가는 인생도 나름 정도의 길이겠지만 삶의 고수라고 말할 수 없다. 각이 돋보이는 삶의 방식은 냉소적인 분위기와 배려 없이 누군가의 마음에 상처를 줄 수 있는 위험한 에고(ego)의 결과라고 말할 수 있다.

긍정적인 삶에 영향을 줄 수 있다면 종교이든 철학이든 상관없이 받아들일 수 있는 자세가 현시대에서는 필요하다고 본다.

다만, 다양한 사상을 수용하면서 자연과학적인 방법으로 이 시대의 징후에 대한 정확한 인식과 동시에 그동안 낡은 견지를 해체할 수 있는 변화적인 가치관은 중요한 부분으로 해석 된다.

마음에
철학을 달자

 꽃과 사랑

꽃이 필 때 나비도 사랑하고
꽃이 질 때 열매가 열리듯
사랑도 사랑앓이를 품고 나면
예쁜 사랑이 열리겠지

 철학적인 사유는 너그러움이 아닌
화근으로부터 시작된다.

35 명품

　명품의 가치는 자기만의 소유 자랑이 아닌 공동 소유의 행복가치에 무게를 둔다. 명품의 가치는 혼자만의 소유에 극심한 소외감이 아닌 나눔의 배려에 의미를 둔다.

36

　좋은 노래를 들으면 좋은 감성을 얻게 돼 좋은 음악을 만들 수 있듯이 좋은 사람을 만나면 좋은 마음을 얻어 좋은 사람이 된다.

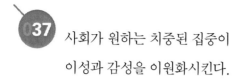

037 사회가 원하는 치중된 집중이
이성과 감성을 이원화시킨다.

038 지나친 소유욕은
존재의 가치를 훼손시킨다.

039 아내를 속칭 내무부 장관으로 일컫는다. 이젠 그
말은 지나간 말이고 진정 남편을 사랑한다면 남편의
마케팅 이사가 되라.

040 현시대는 창조적인 철학에서 생성의 철학으로
변모하는 세상을 이해하고 긍정의 틀로 바라보는 시각
이 중요하다.

041 의지

우린 높이 뛰게 되면 조감도를 보듯 모든 것을 얻는 듯하나 다시 그 자리로 돌아오게 된다. 높이 뛰려는 욕망보다 높진 않지만 멀리 뛰려는 의지가 나를 변하게 한다.

042 본성

모든 인문학적인 사고와 철학적인 사유는 외부작용으로 인해 결과로 이어지는 생산적인 탄생이 아닌 무의식 속에 잠재되어 있는 내재적인 힘에 의한 본성의 자극물이다.

자본주의를 버릴 수 없다면

자본주의를 잘 돌봐라.

 나쁜 사회의 악의적인 주범은

마케팅이다.

사유

자본주의 사회에서 철학적인 사유는 외친다. 물질적으로 풍요로움이 정신적인 빈곤함을 만들고 인간의 권리를 낙하시키는 주범은 나쁜 사회가 형성된 이유라고 말한다.

현대 사회의 일방통행 같은 철학적인 사유 또한 매력 없고 비현실적으로 몰아갈 수밖에 없다. 현대사회가 자본주의 사회를 버릴 수 없다면 특별히 고민할 필요는 없다. 물질과 정신에 행복을 느끼게 하면 된다.

직접과 간접, 슬픔과 행복, 감성과 이성을 이원화시키게 되면 고통의 결과로 이어져 결국은 고민하게 되며 정신적인 갈등을 느끼게 된다. 직접과 간접, 슬픔과 행복, 감성과 이성을 같은 틀로 다원화시키는 노력의 습관을 갖는 것과 같은 시각으로 바라보는 것이 중요하다.

철학은 수에서부터 출발한다. 수가 수학이 형성되면서 인간이 만든 형태로 이어간다. 인문학의 모태가 수학이다. 수로 인해 건축을 짓고 일상의 필요한 사물들을 만들어 내고 실생활에 가장 가까운 역할을 철학이 해왔다고 말할 수 있다.

피타고라스도 그랬고 탈레스도, 바로크시대의 대표적인 철학자인 스피노자, 라이프니츠, 데카르트의 철학적 논리는 수학에 바탕을 두고 있다.

철학적인 사고는 충돌하고 싸우고 험담하고 욕하는 것들에서 해방되기 위한 지혜를 만들어 내는 역할을 한다. 철학적인 사유로 권태롭고 수동적인 삶에서 해방되어 썩어가는 영혼을 회복시키고 창조적인 아이템을 만든다.

현시대의 징후를 정확히 판단할 수 있는 힘은 낡은 견지와 늙은 철학이 아닌 포스트 필로소피(philosophy)이다.

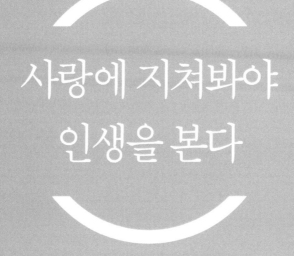

사랑에 지쳐봐야
인생을 본다

사랑 3

세상의 길이 이 길이라고 우겨서 가면
좀 나은지 파란 세상이 빛바랜 세상으로
점점 나를 잃어가네
돌이킬 수 없는 사랑도 일몰하듯 저물어가며
사랑이라고 아픔 마음 움켜잡고
내 마음속에 오랫동안 머문 게 사랑인지
바람이었는지 돌덩이에 부딪히며 나지막하게
들리는 풀잎소리가 나를 속삭여 주네

 feel

사랑은 호기심과 알고 싶은 마음에서 출발한다?

그러나 상대를 다 안다면 즉, 신비로움이 없어진다면 사랑은 과연 떠나가는가?

그런데 사랑은 그리 단순한 논리에 입각할 정도로 금방 떠날 준비가 되는 그런 착한 놈은 아니다. 서로간의 앎을 통해 닮아가고 있고 이미 잠재적으로 내 안에 머물러 있다. 그 안에는 미친 듯이 소용돌이 치고 있고 관심 없듯 미련이 없어 보인다.

그러나 시간의 흐름에 그 사랑은 다시 치솟듯 떠오르게 되고 사랑은 냉혹하게 다시 찾아와 마음의 동요를 일으킨다. 사랑은 알아감이 끝났다고 떠나는 것이 아니라 흘러가는 시간만큼 사랑의 신비로움은 다시 쌓여간다. 그래서 사랑이 배신하지 않게 "사랑은 feel이 꽂혔을 때 알아가는 게 아니라 그 사랑을 지켜나가는 것이다."

049 미꾸라지

　사랑하면서 산다는 건 굉장히 어려운 것이다. 그 이유는 사랑이란 금방 손아귀에 잡힐 듯한 미꾸라지 같지만 움켜쥐면 절묘하게 빠져나가는 그런 것이기 때문이다. 만만히 보고 단순하게 해석할 수 없다. 이기적인 사랑도 진정한 사랑이 아니고, 무한한 배려만 하는 사랑도 진정한 사랑을 쟁취하기가 힘들다. 그러나 인간이기 때문에 사랑을 놓치면서 살기가 싫다. 그래서 사랑에 상처를 받았음에도 불구하고 또 사랑을 하는 것이다.

050 그대 2

그대 떠난 자리 내 자리가 되어
구름 걷히듯 허공에 목메어
떨어지는 눈물 내 심장에 울림이
파동 치며 지독한 슬픔 되어 그 흔적
흩어져 딱딱한 고독으로 굳어지네.

몸서리치듯 죽어가는 기억들 번듯하게
치솟으니 꿈속에 내 길도 황량함에
나를 깨우며 저 멀리 떠나려 하네.
오랫동안 눈감음에 익숙해진 내 몸 흔들어
눈뜨게 하니 비로소 몽롱함에 벗어나
훤하게 비추며 발길을 옮겨 가네

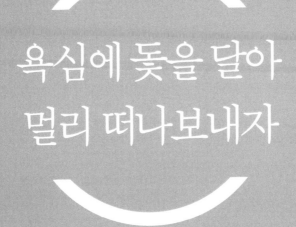

욕심에 돛을 달아
멀리 떠나보내자

051 기쁨

시간이 지나 세월이 흘러가는 만큼 고통과 아픔은 무조건 오지만 성숙과 발전은 아픔의 결과로 절대 오지 않는다.

나이를 먹는 만큼 다양한 삶의 대한 고독과 슬픔은 자연스레 묻어오지만 터놓고 드러내면 스스로 성숙한 행위에 대한 부족함을 털어버려 발전된 모습을 충분히 선택할 수 있다.

"위기가 위기라면 고통이고 위기가 기회라면 기쁨이다."

"지배자와 피지배자의 관계는 지배자가 아닌 피지배자가 만든다."

052 길 2

이 길이 내 길이라면 점잖게 가겠소.
떠들며 시끄럽게 갈 이유가 뭐가 있겠소.

안타깝게 지나가는 시간들을
후회하면 뭐하겠소.
흐르는 물도 어디론가 흘러가듯이
막지 못하면 흐르듯이 가는 게
내 맘이라도 편하오.

청정한 하늘을 욕심낸다고 내 마음이
깨끗해지는 건 아니잖소.
꽉 찬 심술 같은 욕심이 아직도 있다면
버리고 가는 것이 내 길목에서 진정으로
나를 만날 수 있소

53 가만히

가만히 책을 보니 느낌이 없소
가만히 꼼지락거린다고 자유가 아니오.

가만히 생각한다고 철학자도 아니고
가만히 들여다본다고 인생을 다 볼 수 없잖소.

인생도 사물도 그 어떤 것도 믿지 않겠소.
그런 것들 믿을수록 내 안에 아픔만 커가니
훌훌 털어 버리고 어디론가 떠나겠소.

자연 속에서 내 안에 흙을 보니
그래도 남겨진 순수한 영혼을
볼 낯짝이 있어 다행이오.

이젠 돌아다니며 진정으로 자유라는 놈이
나를 어루만져 주니 내 마음 그 어느 때보다
따듯하오.

시대를 막론하고 돈이라는 가치는 인간의 욕망이며 권리를 찾게 해주는 마력 같은 존재의 역할을 해오고 있다. 현대 사회에서의 그 역할이란 소름끼칠 정도의 횡포로 인간을 굴욕 시키기도 한다.

그럼에도 불구하고 마치 사각의 링에서 피 흘리며 쓰러져도 다시 일어나듯이 인간은 돈을 최고의 가치로 둔다. 모든 영혼을 쏟아내며 노예로 전락돼 가는 것조차 모르며 다시 돈 앞에 굴욕 된 미래의 모습을 예견하듯 산다.

돈은 물론 중요하다. 그러나 최고로 생각한다면 그건 헛된 욕구와 욕심이 눈앞을 가려 인간을 다시는 빠져나올 수 없는 늪 같은 지경에 빠지게 한다.

055 가을

가을이 싫다
매번 느낌이 같고
너무 무르익어서

가을이 싫다
너무 다채롭고
너무 빈틈이 없어서

가을이 싫다
쓸쓸해 보이고
떠나고 싶어서

가을이 싫다
이루어져야 할 것 같고
끝나는 것 같아서

그래도 가을까지 오기가 지치고

힘들어도 농익은 세상을 보면

다시 나의 시작점을

알려줘서 고맙지

56 세상

빼먹고 버리는 알 수 없는 세상이지만
끙끙거리며 앓지 말고 세상 문 열어놓고
쿵쿵거리며 잃어버린 내 본질을 찾으러
오늘도 항시 떠날 준비하리라

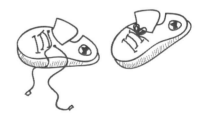

057 하늘

하늘은 평온하고 이렇게 고운데
하늘 아래는 이처럼 걱정투성이니
울퉁불퉁한 길 어떻게 가야 할꼬.

강물은 이렇게 곧게 흐르는데
내 마음은 이처럼 갈피를 못 잡아
마음 덮어 슬피우니 깨어나듯
내 마음 위로해주네
한결 가벼운 마음으로 하늘을 닮아가니
옛 추억 머금고 한숨 쉬며
그냥 그 길 걸어가네.

58 깡다구

파도에 내 몸 밀려도
깡다구 있게 밀리지 않겠소.

심장이 지쳐 허덕여도
깡다구 있게 쓰러지지 않겠소.

억압이 나를 눌러도
깡다구 있게 벗어나 가겠소.

한쪽 뺨을 맞는 일이 생겨도
깡다구 있게 버텨 나가겠소.

이 세상 밖으로 나가지 않게
깡다구 있게 살아가겠소.

비판은 긍정으로 가는 길이고
비난은 무덤으로 가는 길이다.

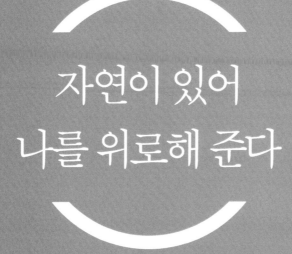

자연이 있어
나를 위로해 준다

정신적인 이성보다 마음으로 생각하는 몸의 존재 가치를 중요시한다.

매일 올라가는 산의 모습은 변함없이 그대로다. 그러나 가는 곳에 일정하게 있는 산과 계곡 그리고 나무 등 자연은 만날 때마다 새로운 느낌을 선물해 준다. 산에 올라갈 때의 몸짓 하나에 정성을 주고 마음에 진리를 일깨워 준다.

자연은 마음을 먼저 읽어 내고 머리로 가서 다양한 영양을 섭취하듯 절대 편식의 밥상을 차려 주지 않는다. 골고루 다양하고 영양이 풍부한 신선한 재료를 공급하기도 하고 때론 짜고 매운 음식도 차려준다. 몸으로 우선 많고 다양한 색깔들을 받아들이고 머리로 가서 선택할 수 있는 시간을 준다. 몸에서 먼저 수용하고 머리 쪽으로 패스해준다. 몸과 마음 없이 머리로만 내세울 수가 없다

"마음의 생각이 머리의 정신을 키운다."

편견된 이성만 고집할 때 정신은 고립되어 몸과 마음이 처참히 무너지게 된다. 자연이 주는 다양한 느낌처럼 우리도 이윤의 가치 외 사랑, 우정, 신뢰, 믿음 등 다양한 가치도 섭취하며 건강한 삶을 살자.

　"몸과 자연이 일치되는 삶은 소중한 기억으로 남게 될 것이다."

061 자연에 취하면

술에 취하면 돌아가고 싶고
자연에 취하면 머물고 싶다.

술에 취하면 머리가 어지럽고
자연에 취하면 머리가 맑아진다.

술에 취하면 몸이 무거워지고
자연에 취하면 몸이 가뿐해진다.

자연이 주는 신비로움은 친화력을 주고
넋을 잃게 한다.

경이로운 절경은 마음을 치유하고
마음과 정신에 영양을 공급해 주는 보양식이다.

062 산

산에 오르는 중엔 오고 가는
사람들의 목소리를 들을 수 있어 좋고

산에 오르면 시끌벅적한
사람 냄새가 나서 좋다,

싸온 음식들 먹는 구경하고
시원하게 막걸리 한잔씩 하는
모양새는 나의 그리움을 간직해서 좋다.

063 기도

하나하나 쌓일 때마다
기쁨보다 두려움이 더 한걸

찔꺽했던 오래된 기억들이
도톨도톨 돋아나 이따금씩
마음이 촉촉이 젖어드는걸

낡은 시간 지나가고
어둠이 사라질 때
거칠게 울렸던 심장도
평온해지고 나를 달래주는걸
기도하오.

패배를 인정할 줄 아는 사람이

진정한 승부사다.

가을 2

사는 게 힘들지
숨통을 열어놓고 사는데도
힘들어

막아놓고 살면 숨 막혀 죽을 것 같고
그렇지 않으면 고통이 쑤시고 들어와
금방 지울 수 없는 아픔을 남기게 되서
힘들어

쨍쨍한 햇볕은 어느덧 사라지고
써늘한 바람소리에 넉넉한 마음마저
잃게 되니 힘들어

그래도 붉은색으로 물들어 버린 산과 들을
바라보는 눈은 화려해지고 머리가 맑아져
떨어지는 눈물을 닦아 내리니
힘들었던 마음이 눅어진다.

병은 의사도 아닌 약도 아닌
자기 자신이 고치는 것이다.

067 반전

흔한 아름다움은 아름답지 않다. 아름다움은 시각만
으로 느끼지 않는다. 아름다움은 절대적이지 않다. 아
름다움의 묘한 매력은 반전에 있다.

"세상이 울어도 나는 그래도 웃는다."

068 세상

세상을 살아가는 운명은 도대체 정답 없이 중요한 포인트를 생각할 겨를 없이 지나가곤 한다. 중요한 패를 순간의 선택에 인해 그냥 버리곤 한다. 원칙과 규율 속에 살아가는 날들이 무료하고 절대적 이성 개념을 기용할 틈 없이 바쁘게 수동적으로 살아가는 모습들에 회의를 느끼곤 한다.

이런 삶이 생존을 위해 어쩔 수 없다면 그냥 쉽게 긍정적 사고로 수용하자. 그리고 예술적인 연출로 능동적인 환경을 또 다른 공간에 만들 필요가 있다. 이를테면 나만의 특화된 취미 영역을 만들어 심미적인 분위기로 또 다른 자유를 만끽하는 것이 육체와 영혼에 피곤함을 덜 주게 된다.

069 세상아!

움켜잡으려고 세상아! 하며
울부짖으며 살았는데

놓치기 싫어 세상아! 하며
아등바등하며 살았는데

미움 받기 싫어 세상아! 하며
곤두세우며 살았는데

빼앗기기 싫어 세상아! 하며
내빼며 살았는데

이젠 흘러가며 살려고
내려놓고 살았는데

세상이 날 내버려두지 않더라.

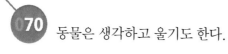 동물은 생각하고 울기도 한다.

인간은 생각할 시간도 없고 울지도 않는다.

071 예측할 수 없는 변종은 때론

무미건조한 삶에 희망을 준다.

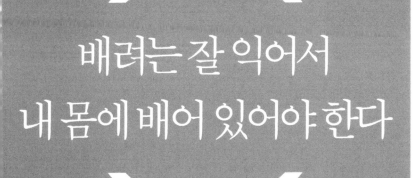

배려는 잘 익어서
내 몸에 배어 있어야 한다

배려

주먹과 주먹이 맞대면 절대로 악수할 수 없다. 꽁꽁
얼어붙은 추운 얼음 앞에 떨고 있으면 나만 손해다. 한
쪽에서 기득권을 포기하고 배려와 나눔을 제공하면 상
호보존의 관계는 지속된다.

073 불행

아는 것이 많을 때 행복의 지수는 잘 잠기지 않은 수
도꼭지에서 물방울이 떨어지듯 떨어진다. 의식할 수
없는 수준에서 불행의 덩어리는 커져만 가고 순수함은
점점 잃어가고 만다.

고도화된 산업사회에 적응력을 발휘하기 위해 육체
기능은 최면화가 되어 가고 내 머리의 뇌에는 이물질
이 쌓여 분간할 수 없는 혼미한 상태로 행복한 길과는
점점 멀어지게 된다.

074 욕심

시장경제가 통하는 사회에서의 소유는 중요한 의미로 해석된다. 소유도 본래의 의미로 받아들이면 욕심과 큰 차이를 둘 수 있다.

그러나 응용의 기술로 분석하고 다시 발현시킨다면 소유에 대한 강한 욕심이 생겨 정통과 순수함은 무너지게 된다.

"욕심 없으면 신이다."라고 한 소크라테스의 말처럼 소유에 대한 생각은 인간의 기본 본능이다. 그러나 동물이 소유한 것까지 빼앗는다면 이건 소유가 아닌 무식한 욕심이며 인간의 도리에 어긋나는 굴욕적인 행위로 볼 수 있다.

혁명

　예술적인 행위가 원칙과 규율 속에 거북함으로 존재한다면 그런 영감적인 정서는 물기 없이 시들어가는 식물과 같다.

　예술의 노동적인 가치를 억압된 자본주의 사회의 틀에 자꾸 끼워 맞추려면 자유를 느끼는 감성의 해방은 자연과 현실 속에 고민하고 갈등하게 된다. 예술은 자연과 현실에 귀속되어 타자의 의미를 가진다.

　현실과 타협할 수 있는 예술의 욕구는 허망함을 보여주는 반면에 비현실적인 이상의 표현으로 초현실주의 세계를 건설한다. 예술의 감성적인 혁명만이 나의 예술의 심미적인 분위기를 만들어 나갈 수 있다.

"누나, 그렇게 좋아요?" 물어봤다. "좋지 그럼. 시누이가 드럼세탁기, 시부모가 냉장고, 시이모가 가죽소파⋯⋯." 이렇게 결혼선물로 준다고 하니 좋을 수밖에⋯⋯. 웃으며 행복한 미소를 지었던 독일에서 만난 아는 누나의 모습이 생각난다. 알고 보니 그들이 쓰던 물건들이다. 난 한동안 이런 사태를 이해할 수가 없었다. 그러나 소유욕이 강한 우리나라의 현실과 멘탈의 차이일 수도 있겠지만 '왜 독일인가?'를 새삼 느끼게 하는 부분이다.

우리 사회는 모든 걸 유행처럼, 소유욕에 강한 자부심을 갖고 있다. 현대 산업사회가 발달된 부유한 사회에 부지런히 적응하여 진화된 모습으로 바뀌어가는 인간의 모습은 생존의 법칙에서 낙오되지 않는 기계적인 삶의 결과이기도 하다. 반면에 기업의 장인정신이 철저히 이뤄지며 검소한 사회를 이끌어가는 독일인들의 거품 없는 생활 습관은 담백한 긍정으로 인정받기에 충분하다.

077 사람

　세상에는 다양한 인간들이 많다. 표면적으로는 모두가 한결 같아 보이지만 내면에는 각기 다른 이질감이 지배하고 있다.

　살아가면서 신뢰와 나눔은 인성의 가장 기본적인 틀이다. 저마다 이득 싸움하기 위한 이기적인 생각으로 뭉쳐있다면 사회는 결국 병들어 썩어 버릴 것이다.

　"사람이 가장 무서워하고 이해하기 힘든 것은 사람이다."

078 시련

욕심을 과다하게 복용하면 불안한 요소가 덩어리로
자라게 되고 집착이 생겨 시련과 고통의 피를 흘리게
된다.

079 몸부림

예술적인 행위가 원칙과 규율에 사로잡혀 있다면 제한된 공간 속에 가벼운 퍼포먼스로 만족할 수밖에 없다. 이는 매너리즘에 빠질 수밖에 없고 위험한 딜레마에 허덕이게 된다.

마치 사각의 링에서 예술적인 몸짓이 아닌 그저 그러한 승리를 위한 단순한 싸움에 불가한 것이다. 더 큰 환상적인 예술의 행위가 되려면 내 가슴속에 깊이 잠재돼 있는 내재적인 맑은 욕망과 정신을 숨겨져 있는 영혼과 함께 표출할 때 이상적인 영감을 맞이할 수 있다.

예술은 그 누구도 목적으로 사용한다면 썩게 마련이다. 화려함과 장식적인 것, 아름다운 것이 예술의 전부가 아니란 것이다. 예술은 국한된 정체성을 잃을 때 환상적인 몸부림이 비로소 나오게 된다.

인생의 행복은 쾌락이 아닌

고통이 없는 것이다.

081 극복

　인생을 살면서 삶의 고통과 난항에 부딪치는 경우가 많다. 이는 나의 삶 속에 불안한 요소가 잠재돼 있기 때문이다.

　이에 견딜 수 없는 고통을 스스로 수면 위에 끄집어 내 보자. 그리고 멘토를 설정하여 위안 받든 위로를 받든 나의 결점들을 회를 치듯이 살짝 벗겨내면 그 안에 내가 보지 못한 먹음직한 하얀 회처럼 나의 행복의 순간을 맛보게 될 것이다.

　당신이 진정으로 자유를 원한다면 불안에 집착된 요소들을 칼로 오려내고 모든 신체구조에 긍정의 윤활유를 넘치도록 넣어보자. 그리고 달려보자.

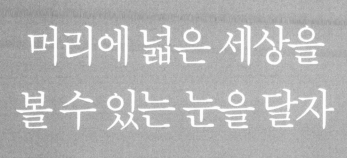

머리에 넓은 세상을
볼 수 있는 눈을 달자

082 구원

햇빛이 따사로운 봄이 한참 울다가 겨우 찾아왔다. 그래도 마음을 위로해주는 봄의 기운은 매년 찾아와도 지겹지가 않다. 신이 내려준 자연은 보기도 좋고 아름다움에 설레임을 준다.

그러나 인간이 만들어 가는 달콤한 경험들은 사후에는 더 갈증을 느끼고 결국 인간이 만들어 논 덫에 걸려 스스로 굴욕하게 된다.

신에게 매달려도 치욕스런 마음은 구원이 되지 않는다. 다만 신에게 뭔가 얻게 해달라고 비는 게 아니라 햇볕처럼 밝고 맑은 영혼을 되찾게 해달라고 기도하는 것뿐이다.

슬픔을 고통이라고 느끼면 절망이 되고
슬픔을 슬픔이라고 느끼면 행복이 된다.

 영감

우린 철학적인 사고를 직접적으로 만날 때의 어려움
과 부담감을 다소 느낀다. 그러나 예술가의 삶과 그들
의 영혼적인 영감을 맛보게 되면 철학의 사상은 쉽게
받아들일 수 있다.

철학을 알고 예술을 접하면 혼미하다. 예술의 친숙
함이 곧 철학의 마음을 열 수 있는 근원적인 사유다.
결국, 예술의 몸부림이 철학적인 논리를 형성시킨다.

85 가치관

"세상은 좁다. 할일도 적다." 이는 내 시각에서 주관적인 사고로 정답처럼 본다면 정말 의미 없는 인생이 될 수 있다는 말이다.

열쇠 없는 자물쇠처럼 내 가치관도 열릴 희망이 없다면 스스로 감옥에 처박혀 지독한 고독을 맛보는 것이 유일한 취미일 것이다.

고정된 가치관이라는 건 없다. 그나마 자본주의 사회에서 숨통을 열어줄 유일한 열쇠는 다양한 눈으로 바라볼 수 있는 가치관일 것이다. 이를 위해 사고의 변화는 가장 중요한 덕목이다.

086 친구

쾌락주의 철학자 에피쿠로스는 말한다. "아무리 좋은 별장을 소유하고 있어도 친구가 없으면 파티를 열지 못해 불행하다."

이에 대해 요즘은 좋은 차, 멋진 별장이 있으면 친구들은 파리처럼 꼬인다고 말한다. 그러나 그런 친구들은 파리도 아닌 흡혈귀라고 말하고 싶다. 이 시대를 살면서 내 옆에 내 심장 같은 친구가 있다면 그 누구보다 행복하다고 말할 수 있다.

087 와인

달콤한 와인은 입을 즐겁게 하고 시큼한 와인은 마음을 즐겁게 한다.

088 울음

웃는 걸 참으면 병이 안 된다. 우는 걸 참으면 병이 된다. 웃는 건 억지로 웃을 수 있다. 우는 건 억지로 울 수 없다. 억지의 웃음보다 감성적인 울음이 더 감동을 준다.

089 위안

인생의 위안은 중요한 부분을 차지한다. 격렬하게 살면서 목적에 도달하고자 가치관은 추상적이 되어가고 현실적인 상황에 갈증을 느끼며 혼미한 상태로 기회마저 잃곤 한다.

힘들게 달려와 더럽혀진 인생의 묵은 때를 씻을 수 있는 그런 멘토 같은 위안이 필요하다.

090 바람

인생의 무거움을 치유할 수 있는 방법이 고정되어 있지 않는 한 굴레 속에 내 자신을 쳐 넣을 필요는 없다. 단지, 내 욕망의 두께가 읽기 거북한 두꺼운 책같이 포장되지 않길 바랄 뿐이다.

슬픔을 아름답게 느끼는 사람일수록

행복과의 거리가 짧다.

092 극복2

나의 이상적인 욕망과 현실의 벽이 부딪히면 좌절을
맛보는 동시에 분노를 일으킨다. 오래되고 묵은 관념
들을 시대의 흐름에 따라 극복하고 변화시킬 수 있다
면 화는 분명 누그러지며 더 큰 세상을 바라볼 수 있는
힘이 생긴다.

093 변화

목적을 이룬 행복만이 최고의 삶이 아니다. 그 속엔 실망, 좌절, 불행이 처절하게 삶의 요소로 포함되어 지쳐 있다. 그것들을 거뜬히 겪어내며 극복할 수 있는 건 긍정의 틀로 변화하는 삶이다.

094 인정

우리가 가득한 행복을 만들려면 불행이 가져다주는 시련 앞에 지쳐 있지 말고 그 사실을 스스로 인정해라. 그리고 탈출을 시도해라.

우상

인생의 우상이 있다면 존경하지 말고 그의 장점을
훔쳐서 내 인성에 쏟아 붓자.

 "당신의 영혼을 돌봐라."

- 소크라테스

 즐거움

어디에나 고통은 숨겨져 있다. 고통을 견디면 지쳐
쓰러지지만 고통을 부딪쳐 즐기면 이뤄 내리라. 뭐든
즐겨라. 눈물도 슬픔도 고통도 힘차게 뜀틀 넘듯이 넘
어가라. 누가 먼저 날 건들기 전에 내가 먼저 하염없이
갈 수 있는 길을 만들자,

098 슬픔은 행복을 위한 전초전이다.
행복은 슬픔의 공간을 채우는 유일한 희망이다.

99 집착

집착은 불안을 낳고 불안은 버릇을 키운다. 집착이 떠난 자리에 공허함이 있지만 더 이상 시련은 없다.

100 탁월

나의 판명의 결과는 절대적이 아닌 내재적인 원인에서 비롯된다. 고로 나만의 탁월한 선택은 반복되는 습관에서 유출된다.

101 탁월한 선택은 없다.

그러나 선택은 중요하다.

102 금

소크라테스는 말한다. 국가가 오로지 금을 중요시하면 분명 국가는 과두제 즉, 금을 소유한 소수에 의해 독점이 이루어져 하나는 부자의 나라 또 하나는 가난한 나라가 존재한다고.

103 나지막한 세상에 상대가 나를 흥분시켜도
의연함을 잃지 않는다.

104 세상을 살아가면서 가장 위험한 건 자기가 미워
하고 욕하는 사람을 무의식중에 닮아가고 있다는 사실
이다.

105 양보

추위를 느끼면 양지바른 곳이
내게 양보해 주니 세상 살맛나죠.

걱정, 시련, 염려는 다 욕심 땜에
생겨난 거니 모두 지워버리죠

마음 비우고 그냥 내 갈 길 가면
마음 한편에 홀로 있는 아픔도
내 등 뒤로 부는 바람에 묻혀 떠나니
한결 가벼운 마음으로 내 갈 길 갈 수
있을 것 같아 행복하오.

욕심 2

자꾸 얻으려고만 하니
자꾸 빼앗기고 잃어버리기만 하오

지친 내 어깨 토닥거리며
만져 주던 그대도 없으니

언짢게 실랑이하는 나의 됨됨이
그리 좋아 보이지 않소.

써늘해진 마음마저 둘 곳이 없어
돌멩이에 부딪히는 내 발등 위에
불거진 상처를 그나마 횡 하니 불어오는 바람이
가라앉게 해주니 기쁨으로 반기며 살아가겠소.

107 그대 3

내 갈 길이 없으면 갈 길을 만드니
옆에 아무도 없으면 누군가를 만드니

그대 떠난 자리 그대가 없으니
내 마음 멀리 갈 때까지 그대 잊으니

슬픔 마음 내 뒤로 숨기고
기쁨 마음 저리로 보내고

산 따라 그대 골 깊은 흔적 떠나보내고
흘러오는 물가지 내 손아귀에 담아보니

물 따라 흘러가는 달빛에 내 마음 비추니
홀로 그리움만 남겨져 있더라.

108 마음을 비워야 행운도 온다.

109 현실

예술은 자연을 그대로 모방하여 또 다른 사물을 창조한다. 자연에서 추출한 아름다운 것, 화려한 것도 모방하여 찬사를 받지만 추한 것, 소외된 것들 등 현실에서 미적인 것과 관련 없는 소재들이 예술로 승화될 때 더 큰 대접을 받는 것도 사실이다.

현실에서 느끼지 못하고 집중되지 않는 것들도 예술을 통해 표현하여 새롭게 재탄생하는 것이다. 그래서 예술은 현실에 귀속되지만 또 다른 현실을 창조하는 의미를 가지고 있다.

110 소통

현대사상에서 중요한 것은 역시 상호간의 의사소통이다.

그러나 기술문명이 발달하면서 찾아오는 불청객의 호응에 편안함의 환경구조는 폐쇄적으로 돌입된다. 이득에만 치중된 자본주의 관념에 자아성찰을 위해 좌파적인 비판론은 시작되지만 저항 없는 혁명에 오히려 인간의 본질과 정체성을 잃어간다.

현시대를 정확히 진단하고 기존의 사상과 껍데기 휴머니즘의 낡은 시대에 얽매여 사유하는 종속된 인간이 아니고 육체와 영혼, 주체와 객체, 자연과 문화, 직접적 이성과 간접적 이성의 합일화에 적응하는 다원론적인 새로운 인간상을 추구할 때이다.

111 자유

원칙과 규율 속의 삶에 대한 권태로움과 이탈의 충동은 인간의 본질적인 자세이다. 이에 자유에 대한 향망은 끝없이 지속되고 실현할 수 없는 현실에 허망함과 무기력을 더 한층 고조시킨다.

하지만 프랑스 철학자 장 폴 샤르트르가 말한 것처럼 단순히 억압 없는 자유를 품는 게 아닌 옳고 그름을 정확히 판단하여 세상의 운명에 대한 책임을 질 수 있는 행위가 진정한 자유의 의미이다.

"완벽한 자유는 인간의 내면에 이질감으로 지배되어 있는 의식구조를 깨끗하게 청소해 준다."

112 경험

경험적인 측면에서 이제까지 일어난 결과로 인해 앞으로도 같은 결과가 일어날 수 있는 예측논리는 내재적인 불안한 요소를 한층 더 고조시킨다. 마치 건실하다고 믿었던 기둥에 기대어 있다가 봉변당하는 사고를 치르는 것과 사뭇 같다고 판단한다.

이런 불안한 요소를 제거할 수 있는 논리는 과거의 집착도 아니고 개별적인 자료 분석에 의한 예상할 수 없는 미래의 의지도 아닌 현실에 입각한 변화적인 사고가 무엇보다 중요하다.

인간은 미적 존재, 윤리적 존재, 종교적 존재라는 세 가지 유형을 토대로 행복과 불행, 허망함을 맛보며 살아가고 또한, 죄의식에 사로잡혀 새로운 정보와 이탈의 꿈을 심어두며 심리적인 묘한 분위기로 살아가곤 한다.

이에 개인은 사회를 믿으며 사회도 개인의 권리를 지켜주고 형식이 아닌 본질적인 개인의 본성에 충실하자. 그리고 고정된 관념의 액자에 틀어박혀 있는 '정상과 비정상'이라는 개념을 바꾸며 또 다른 행복을 느끼며 살아가자.

113 자연스러움

걱정은 불안을 낳고 집착은 시련을 겪게 되고 성급함은 조바심을 키운다. 때론, 마음이 가는 대로 억지의 의지가 아닌 자연스러움이 신체와 정신을 편안하게 해준다.

과잉 목적심을 버리고 수동적이 아닌 능동적인 사고와 행위를 추구할 때 비로소 삶의 진리를 찾을 수 있다.

"이루려는 의지가 오히려 화를 불러올 수 있다."

114 내 길

지쳐 떨어져 나가도
그대 흔적 지워지지 않소.
젖은 마음 아무리 닦아도
그 물기 자꾸 깊게 스며들었소.

엉겨 붙어 버린 기억들도
새록새록 자라나 나를 자꾸 붙잡소.
꿈길에 헤매다 다시 깨어나도
내가 가는 길 잃어버리곤 하오

이 어찌 나한데 함부로 하는지
마음이 도려내듯 시리지만
내 갈 길 울지 않고 가겠소.

115 표절

비판의 사고는 긍정의 요소를 만드는 자극제다.

인간의 행위와 모든 영역에 표절이 자리 잡고 있다.

인간의 고유 영역인 생각까지 표절이 된다면

사는 건 영혼 없는 몸부림에 불과하다.

116 내 탓이오

욕심 많은 사람을 만난 것도
먼저 그 마음을 품었기에 내 탓이오.

세상이 날 어렵게 만드는 것도
내가 먼저 진실하지 못해 내 탓이오.

세상을 향한 불만 불평도
내가 먼저 날 사랑하지 못해 내 탓이오.

불행이 주는 고통을 맛보는 것도
이기적인 틀에서 벗어나지 못해 내 탓이오.

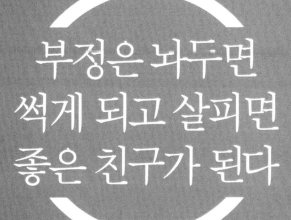

부정은 놔두면
썩게 되고 살피면
좋은 친구가 된다

117 부정

철학적 사유에서 '부정'과 '긍정'은 교호적인 관계이다. 부정은 단순히 비합리적인 것을 비판에 그치지 않고 적극적으로 합리적인 것을 끌어내어 긍정의 가치로 표출한다.

"부정은 긍정의 힘을 추구하는 발판이다."

118 나에게 달콤한 말은 독이다.

나에게 쓴 말은 약이다.

달콤한 약이란 없다.

효과를 주는 약은 쓰다.

119 부정성에 맞서 '부정'하지 않고

'긍정'한다.

120 반복

우리는 소유하기 위해 변화를 시도한다고 생각한다. 이건 자기를 정신적 착취로 몰아가는 가장 위험한 상태로 만든다. 시대의 흐름을 극복하기 위해 변화와 생성을 반복하는 것뿐이다.

121 세상살이

부딪히며 싸울 수 있는 벽이 있어 좋고
밟으며 신경질 낼 수 있는 흙이 있어 좋다.

고래고래 목청껏 고함칠 수 있는 바다가 있어 좋고
눈부셔도 태양을 바라 볼 수 있는 하늘이 있어 좋다.

내가 내 심장을 뜨겁게 달아오르게 할 수 있는
세상이 있어 좋다.

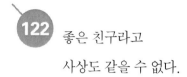 좋은 친구라고

사상도 같을 수 없다.

우린 너무 어렵게 산다. 정치도 경제도 문화 예술을 포함한 인문학에서도 그러니 철학사유는 삶 속에 파고들지 못하며 산다. 무언가 얻어도 허전한 마음은 정신과 육체를 지치게 만든다. 많은 것들을 잃어가며 살아가지만 행복을 믿으며 살아간다.

물질적으로는 풍요로우나 믿을 사람이 없는 것과 물질적으론 빈곤하나 내가 찾을 수 있는 친구가 많은 것 중 어느 것이 행복한 건지 알 수 없다.

지금 우린 행복하다고 주문하며 살아가지만 쉽사리 만족할 수 있는 행복은 다가오지 않는다. 무감각하게 진리에 혼동하며 다가설 수 없는 무거움과 쉽게 행복을 맞이할 수 없다는 현실이 항상 자신을 괴롭힌다.

인간이고 인간이기에 지켜야할 도덕적인 의무를 무시한 채 일상의 분주함에 역주하듯 소비와 물질을 지향하는 삶은 치유하지 않은 상처에 또 상처를 남긴다. 학대하듯 쫓아가는 삶 보다 오다가다 만나는 삶도 그리 나빠 보이지 않다.

"지독한 소유욕은 존재의 가치를 잃어버리게 한다."

"존재 속에 느끼는 가치는 허전한 마음의 구석을 메워 나간다."

인간은 선을 추구하지만

외부작용으로 인해 악이 내재되어 있다.

"과학은 있는 것만을 진술할 뿐이지,

무엇이 있어야 되는가에 대해선 진술하지 않는다."

- 아인슈타인

126 "만일 우리가 행복하기를 원한다며 그것은 쉬운 일이다. 하지만 남들보다 더 행복하기를 원한다면 그것은 매우 어려운 일이다. 왜냐하면 우리 눈에는 남들이 실제보다 훨씬 행복해 보이기 때문이다."

- 몽테스키외

127 "구름 속에서 벌어지는 싸움을 귀머거리는 번개로, 눈 먼 이는 천둥으로 인식할 것이다."

- 조지 산타야나

128 본질

   종이(paper)는 앞면만 있다면 그 용도를 말할 수 없다. 이성은 냉혹할 때 그 역할을 수행하지만 감성이 배제된 이성 또한 인간의 본질을 완벽하게 만족시킬 수 없다. 이성과 감성이 일원화로 존재할 때 인간의 본질을 말할 수 있다.

129 머리 좋은 인재보다 상식이 있는 인재를 키우기가 더 힘들다.

130 미련

악착같이 사는 것도 중요하다. 그러나 프로라면 즐기면서 여유 있게 사는 것도 착취에서 멀어지는 현상이다. 자연과 일치되는 삶은 나를 위로해주고 웃게 해준다.

악착같이 살고 악착같이 성취를 얻었다고 해도 자연이 주는 흙을 밟지 못했다면 이것 또한 미련한 인생이다.

131 "우리는 너무나 바빠서 자신의 시간을
살아갈 시간이 없다."

- 유진 이오네스키(극작가)

132 과거

억울한 과거란 없다.
지나온 과거를 잘 살피면
현재에 더이상 원한은 없다.

불행한 과거란 없다.
불행한 과거가 현재의 행복한
나의 모습을 만들었다.

133 위대함

살아가는 모습이 힘들다고 느낄 때 나 자신을 먼저 생각해 보자.

고대 그리스의 델포이 신전에 새겨져 있는 "너 자신을 알라"의 격언을 소크라테스는 입버릇처럼 말했다. 그 말의 진정한 의미는 비아냥거리는 말이 아닌 네 자신이 얼마나 대단한 존재라는 것을 일깨워주는 말이다. 내가 나를 먼저 아끼고 믿고 사랑하는 것이 최고의 행복이다.